*Per Roberto Denti*
— *B.F.*

Bernard Friot
*Altre storie a testa in giù*
illustrazioni di Silvia Bonanni

Traduzione di Rosa Pavone

© 2014 Editrice Il Castoro Srl
viale Abruzzi 72, 20131 Milano
www.castoro-on-line.it
info@castoro-on-line.it

Histoires pressées © 1988, Editions Milan pour la 1ère édition,
© 2017, Editions Milan pour la présente édition.
Nouvelles histoires presssées © 1992, Editions Milan pour la 1ère édition,
© 2017, Editions Milan pour la présente édition.
Encore des histoires pressées © 1997, Editions Milan pour la 1ère édition,
© 2017, Editions Milan pour la présente édition.

ISBN 978-88-8033-801-7

# BERNARD FRIOT

# ALTRE STORIE A TESTA IN GIÙ

ILLUSTRAZIONI DI SILVIA BONANNI

Traduzione di Rosa Pavone

il castoro

# STORIA IMPOSSIBILE

Dopo la scuola torno a casa facendo la solita strada. Ho preso la strada giusta, ne sono sicuro, subito dopo la pasticceria BonBon. Ma quando arrivo al civico 13 non c'è più nulla, niente casa, solo un buco, profondissimo, dal quale fuoriescono delle enormi bolle. Quando apro la porta lancio un urlo, terrorizzato. Nel corridoio centinaia di serpenti sibilano, con la testa eretta e la bocca aperta: un tappeto di rettili minacciosi che avanza verso di me.

Vado direttamente in cucina. Apro il frigo. Orrore! Dentro c'è mia sorella maggiore, Alice, piegata in quattro e congelata, che mi guarda cattiva con occhi sbarrati da pesce morto.

Prendo uno yogurt alla fragola. Non è yogurt, ma sangue condensato di coccodrillo con pezzi di carne fresca che ci galleggiano dentro.

Butto il vasetto vuoto nell'immondizia e salgo in camera. La scala crolla e cado nel vuoto. Mentre cado, zombi ghignanti mi graffiano e mi pizzicano.

Faccio gli esercizi di matematica. Facile. E comincio il tema per giovedì. Ma in quel momento tre vampiri mi si gettano addosso e mi piantano in gola i loro denti aguzzi, delle formiche giganti mi strappano la pelle, dei corvi impazziti mi beccano la schiena e un uomo mostruoso dal volto coperto di pustole puzzolenti mi taglia a pezzi con una sega elettrica poco affilata.

Allora, stanco, scendo in sala, mi piazzo sulla mia poltrona preferita e guardo un film dell'orrore per distrarmi un po'.

# STORIA RIBALTANTE

Oggi Lucrezia Maria De Filippinis pranza al ristorante con i suoi genitori. Il maître d'hotel prende l'ordine. Lucrezia Maria indica sul menu i piatti che ha scelto:
«Voglio brodetto di aragosta, brasato di capriolo e millefoglie alle pesche».

Il maître d'hotel prende nota, fa un inchino e si allontana.

Qualche minuto dopo compare un cameriere. Posa un enorme piatto bianco davanti a Lucrezia Maria. Nel centro del piatto troneggia una coppetta di porcellana rossa e oro che contiene il brodetto di aragosta.

Lucrezia Maria solleva con due mani la coppetta e la ribalta sul tavolo.

«Questo non mi piace!», dice la bambina.

Il brodo chiaro scivola sulla tovaglia, sulla moquette, sulla gonna di seta della signora De Filippinis. La signora De Filippinis getta un'occhiata stupita a sua figlia, scrolla leggermente la gonna e riprende la conversazione con il marito.

Il cameriere, rigido, labbra strette e fronte corrugata, asciuga la tovaglia e la moquette, non la gonna della signora De Filippinis. Poi raccoglie piatto e coppetta e scompare.

Qualche minuto dopo, un altro cameriere si avvicina. Appoggia un piatto davanti a Lucrezia Maria.

«Brasato di capriolo», annuncia.

Lucrezia Maria solleva il piatto a due mani e lo ribalta sul tavolo.

«Questo non mi piace!», dice la bambina.

Schizzi di sugo sulla tovaglia, sul muro, sulla cravatta del signor De Filippinis.

«Oh, Lucrezia!», commenta il signor De Filippinis.

Il cameriere, furioso, raccoglie il piatto. Un quarto d'ora dopo, altro cameriere, altro piatto. Millefoglie alle pesche con sciroppo di lamponi.

Lucrezia Maria solleva con due mani il piatto e lo ribalta sul tavolo.

«Questo non mi piace!», dice la bambina.

Lo sciroppo cola, gocciolando. Macchie sulla tovaglia, sulle sedie, sulla camicia del signor De Filippinis, sul corpetto della signora. Ma né l'uno né l'altra prestano attenzione.

Allora, il cameriere solleva con due mani Lucrezia Maria e la ribalta sul tavolo.

«Questo non mi piace!», dice l'uomo.

Una scarpa cade sulla moquette, il giacchino di Lucrezia Maria scivola sotto una sedia.

«Cara, stai seduta composta!», osserva compunta la signora De Filippinis.

# UN INNAMORATO TERRIBILMENTE CURIOSO

Un giovane innamorato raccoglie nel giardino una margherita. Comincia, rivelandosi un innamorato molto poco originale, a strappare i petali a uno a uno.

«M'ama… non m'ama…»

«Smettila! Mi fai male!», urla la margherita.

«M'ama… non m'ama… m'ama… non m'ama…», continua il giovane.

«Boia, assassino, mostro sanguinario, giardiniere killer!», geme la margherita atrocemente torturata.

Penso che al suo posto avremmo detto le stesse cose.

Ma l'innamorato, insensibile, prosegue imperturbabile: «M'ama… non m'ama… m'ama…», finché giunge all'ultimo petalo «… non m'ama!».

«Ben ti sta!», dice il fiore, esalando l'ultimo, incredibilmente lungo, respiro.

# CALCOLI

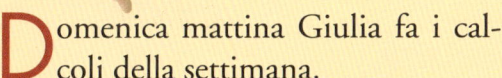

Domenica mattina Giulia fa i calcoli della settimana.

Lunedì ha dato una gomma a Cristiano, due fogli di esercizi a Carlo, una matita (usatissima) a Sami. Francesco le ha dato metà del suo panino, Gregorio un bacio sulla guancia (durante l'ora d'inglese).

Martedì ha prestato la (sua) stilografica a Carlo e il (suo) quaderno di grammatica a Francesco (perché copiasse l'esercizio che non aveva fatto). Ha dato una caramella a Cristiano (ma era una caramella al pepe).

Sami le ha dato una cartuccia d'inchiostro blu e Gregorio una gomma da masticare alla fragola.

Mercoledì niente. Ha passato la giornata con zia Nicoletta.

Giovedì ha dato tre francobolli libanesi a Francesco e un calcio a Sami (durante l'ora di musica). Ha prestato la (sua) Nintendo DS a Carlo e il compasso a Gregorio (per pungere il sedere di Raffaella). Cristiano le ha dato un biglietto da cinque euro.

Venerdì ha reso a Sami la cartuccia d'inchiostro; ha dato a Gregorio la foto di uno scimpanzé sul-

la quale ha scritto: «Ecco tuo fratello», e quattro pezzi di cioccolato (al latte) a Francesco. Cristiano le ha dato un serpente (di plastica, molto realistico) e Carlo un fumetto (ma le sembra che manchi una pagina).

Sabato niente, non c'è scuola.

Adesso fa i conti.

Sapendo che una gomma da masticare alla fragola vale tre quadratini di cioccolato (al latte) e una mezza caramella al pepe, che un biglietto da cinque euro vale sei panini, che un calcio vale sette cartucce d'inchiostro blu e due baci, che un fumetto (completo) vale cinquantadue fogli di esercizi, un serpente (di plastica, molto realistico) e diciotto gomme ecc… chi fra Sami, Francesco, Gregorio e Cristiano l'ama di più?

E lei, chi ama di più fra loro quattro?

# LUI O LEI

Scegliere *per ogni verbo il pronome adatto.*
    *Lui/Lei* si chiude in bagno. *Lui/Lei* accende il neon sullo specchio. Sulla mensola sono allineati, a destra: rasoio, schiuma da barba, lozione dopobarba; a sinistra: rossetti, ombretti, fard, mascara…

*Lui/Lei* ha un attimo d'esitazione, poi allunga una mano verso destra. *Lui/Lei* prende la bomboletta di schiuma da barba, ne vaporizza una grossa noce sulla punta delle dita e se ne impiastriccia le guance. Naturalmente *lui/lei* non ha la barba, neanche un pelo, ma chissà? Potrebbe servire a far finta che… *Lui/Lei* maneggia il rasoio con attenzione e quasi subito trova il gesto giusto. La lama sfiora la pelle senza tagliarla. Non c'è da stupirsi: *lui/lei* ha osservato tante volte come fa papà.

Dopo la rasatura, il dopobarba. Pizzica un po'.

E adesso? Si guarda allo specchio. Bisogna provare qualcos'altro. Il rossetto. Com'è che fa mamma? *Lui/Lei* sporge le labbra aprendole un poco per disegnare una piccola "O" e fa scorrere il rossetto con cura, attento a non sbavare, come quando colora un disegno. Ecco fatto. Poi *lui/lei* stringe le labbra, le sfrega una sull'altra, proprio come fa mamma…

«Vieni a fare merenda, è pronto!»

Sua madre chiama dalla cucina. Ma *lui/lei* fa spallucce. *Lui/Lei* non ha fame. *Lui/Lei* ha di meglio da fare che man-

giare. *Lui/Lei* si scurisce le ciglia con il mascara, poi traccia una linea di eyeliner sotto ciascun occhio. Com'è cambiato il suo sguardo! *Lui/Lei* sembra un principe orientale. Oppure una principessa.

Ma perché con l'eyeliner si disegna anche dei baffetti? E perché li corregge aggiungendo una passata di ombretto sulle palpebre? *Lui/Lei* non ride mentre lo fa, si capisce che *lui/lei* si sta impegnando, che sta cercando nel viso riflesso nello specchio qualche cosa che *lui/lei* non trova.

*Lui/Lei* si guarda attorno. Sull'attaccapanni è appesa una cravatta. *Lui/Lei* la prende e se l'annoda intorno al collo. Poi, per ristabilire l'equilibrio, *lui/lei* si mette due orecchini a clip dorati che ha trovato nella scatola dei gioielli di sua madre.

«Ale, ti vuoi decidere, sì o no?»

Decidere? E perché mai? *Lui/Lei* si guarda allo specchio: rossetto, baffi, fard, cravatta... Perfetto, così è perfetto. No, non si deciderà affatto. E comunque non oggi, non ancora.

# UN'ALTRA STORIA TRAGICA

Sullo scaffale di una biblioteca, un grosso libro con la copertina rossa domanda molto educatamente al suo vicino, un tipo allampanato e palliduccio:
«Darmi informazione mi potrebbe scusi signore una?».
«Mi scusi lei, non capisco niente di quello che dice», risponde con altrettanta educazione il vicino magrolino.

«Ah, già», dice il librone rosso con una punta di disprezzo, «dimenticavo che lei è solo un romanzetto e che non è in grado di parlare come facciamo noi dizionari, seguendo l'ordine alfabetico!».

«Cosa? Un dizionario?», grida il romanzo indignato. «Le posso chiedere, illustre signor dizionario, che cosa ci fa lei in una storia? Le storie sono riservate a noi romanzi!»

Il grosso dizionario rosso, terribilmente offeso, si scaraventa con tutto il suo peso sullo smilzo e diafano romanzo.

«Capaci che cretino di dizionari faccio inventare io noi sanguinolente siamo storie ti vedere!»

# STORIA POLIZIESCA

Una pulce passeggia sul bracciolo di una poltrona, quando incontra un lungo capello biondo che si sta rimirando in uno specchietto tascabile.

«Insomma!», dice il capello. «Stia attento a dove mette i piedi, e soprattutto non mi tocchi e non mi sposti: sono un indizio!»

«Un indizio? Che cos'è?»

«S'immagini che un crimine è stato commesso proprio qui, in questa stanza. Hanno trovato la vittima sulla poltrona di fronte, con una pallottola in pieno petto.

L'inchiesta ha accertato che l'assassino era seduto sulla poltrona dove ci troviamo ora. Quindi, è logico, io sono molto importante: quando i poliziotti mi troveranno, cercheranno di stabilire da dove provengo e, grazie a me, smaschereranno l'assassino! Tutti parleranno di me, i giornali, la Tv, sarò famoso!»

«Se ho capito bene», dice la pulce «conviene essere calvi quando si deve uccidere qualcuno: questi capelli chiacchieroni sono pronti a tradirti, anche solo per darsi delle arie!».

Quindi getta a terra la parrucca riccioluta che indossava e fa secco il lungo capello biondo con un colpo di pistola al cuore.

# LA COSA

Mi sveglio con il cuore che batte all'impazzata e le mani sudate. La cosa è lì, sotto il mio letto, viva e pericolosa. Mi dico: «Fermo, non muoverti! La cosa non deve sapere che sei sveglio». La sento dilatarsi, gonfiarsi e allungare uno dopo l'altro i suoi innumerevoli tentacoli. Adesso sta aprendo la bocca e drizzando le antenne. È l'ora in cui

fa la posta alla preda. Rigido, con le braccia strette lungo il corpo, trattengo il respiro e penso: «Devo resistere cinque minuti. Fra cinque minuti si addormenterà e il pericolo sarà passato». Conto i secondi nella mia mente, mi pare un tempo interminabile. A un certo punto mi sembra di sentir muovere il letto. Per poco non lancio un urlo. Che le prende? Che intenzioni ha? Non è mai uscita da sotto il letto. Sento sulla mano un leggero brivido, come una lentissima carezza. Poi più niente. Continuo a contare, sforzandomi di pensare solo ai numeri che sfilano nella mia mente: cinquantuno, cinquantadue, cinquantatré… Lascio passare molto più di cinque minuti. Alla fine riprendo a respirare normalmente, mi calmo un attimo. Ma il cuore mi batte sempre molto forte, lo sento rimbombare dappertutto dentro di me, fin nel palmo delle mani. Mi ripeto: «Non aver paura. La cosa ha ripreso il suo aspetto normale. Il suo momento è passato».

Ma questa notte la paura non vuole abbandonarmi. Si aggrappa a me, mi toglie il fiato. Una domanda, sempre la stessa, gira a vuoto nella mia testa: chi è la cosa? Questa cosa che, ogni notte, si dilata e gonfia sotto il mio letto, e

sta in agguato aspettando una preda. E poi, dopo qualche minuto, riprende la sua forma originaria.

Conto fino a dieci allungando lentamente la mano destra verso la lampada del comodino. Al dieci l'accendo e balzo sul tappeto, il più lontano possibile. E cosa trovo sotto il letto? Le mie pantofole! Le mie vecchie, care pantofole in cui infilo i piedi da quasi due anni. Mi stanno troppo piccole e sono bucate qua e là.

Sono davvero deluso. E un po' triste. Mi dico: «Non ci si può proprio fidare di nessuno? Bisogna sospettare di tutto, anche degli oggetti più familiari?». Guardo a lungo le pantofole. Sembrano assolutamente inoffensive, ma non ci casco. Le prendo, le avvolgo in un foglio di carta di giornale e con grande cura lego il tutto con lo spago. Poi prendo il pacchetto e lo getto nel camino.

# LA SIGNORA DANIELI NON VUOLE SENTIRE STORIE

Nel giardino della signora Danieli due mollette da bucato, una di legno, l'altra di plastica, fanno due chiacchiere per passare il tempo.

«Ah», sospira la molletta di legno, «magari potessi attaccarmi a un filo elettrico! Deve essere eccitante! O sulle corde di una chitarra, vado pazza per la musica!».

«Io», dice la molletta di plastica, «sogno di fissarmi sul filo spinato, il pericolo è il mio mestiere! O su di un cavo telefonico, per ascoltare le conversazioni segrete!».

«Non voglio sentire storie!», dice la signora Danieli appendendo un calzino e uno straccio per la polvere. «Voi due resterete sul mio filo da bucato!»

Ecco fatto: e così, per colpa sua, non succederà proprio niente.

# LE STORIE NON SONO PIÙ QUELLE DI UNA VOLTA

La storia è finalmente pronta, tutti sono al loro posto. Il re si accarezza la barba e giocherella con la corona. La principessa, sua figlia, si dà l'ultimo tocco al trucco, senza immaginare minimamente che un quarto d'ora dopo verrà rapita dal drago. Il drago, che invece sa benissimo quel che sta per fare, regola il suo lanciafiamme elettronico. A qualche passo di distanza, un ragazzetto timido saltella sul posto facendo ruotare le braccia: è il cavaliere senza macchia e senza paura che si offrirà volontario per salvare la principessa. Ma per cominciare deve aiutare un'anziana signora che raccoglie legna. In realtà, la vecchia signora è una fata: proprio in quel momento sta indossando il costume di scena per ripetere un'ultima volta la sua parte. In mezzo alla fascina ha nascosto la spada magica che deve dare al cavaliere perché possa uccidere il drago. Dopo, potrà finalmente sposare la principessa e, se è vero che tutto è bene quel che finisce bene, avranno una nidiata di bambini.

Insomma, tutto è pronto, si può cominciare:

«C'era una volta...».

Ma dov'è finito il re? Non si riesce a trovarlo. Pazienza, si dirà che la principessa è orfana. Questo non le impedirà di venire rapita dal drago. E potrà sposare il cavaliere senza dover chiedere il permesso a nessuno.

Viene chiamata la principessa. La principessa non risponde. La si chiama ancora, questa volta con l'altoparlante. Niente. Una bella seccatura. Il drago deve pur rapire qualcuno. Non può rapire l'anziana signora, perché è una fata con una spada magica nascosta nella fascina. E se rapisce il cavaliere, allora non c'è proprio niente da ridere: la fata dovrà liberare il giovanotto e, diciamolo pure, non è lavoro da donne affrontare i draghi. Mai vista una cosa simile in una storia.

Possiamo sempre immaginare che il cavaliere vada a combattere contro il drago così, senza un motivo particolare, per sport. E poi, se vince, sposerà la vecchia, ovvero la fata, che certamente ha un debole per gli sportivi.

Sì, ma nel frattempo il drago è scomparso. Cosa faranno il cavaliere e la fata? Non ci resta che mandarli a raccogliere legna, può sempre servire.

Sembra che il cavaliere non sia di questo avviso, visto che è scomparso senza dire una parola. La fata, dal canto suo, si rifiuta di fare i suoi numeri di magia con la bacchetta e tutto l'armamentario. Peccato, avrebbe intrattenuto il pubblico.

Alla fine, di tutta la storia resta solo una spada. Una spada magica, a quanto pare.

E se la usassimo come tagliacarte?

# VASCA DA BAGNO

Vista da fuori, la vasca da bagno della camera 404 dell'Hotel Confort in via Speranza a Roma era del tutto normale. Da fuori sì, ma dentro invece...

Dovete sapere che una volta all'anno, il 12 ottobre per l'esattezza, nella camera 404 avviene un dramma. Un dramma semplice semplice: un cliente arriva all'hotel, gli viene data la chiave della camera 404 e lui vi entra. Il giorno dopo, quando il personale comincia a preoccuparsi e fa irruzione nella stanza, vengono trovati la valigia e tutti gli indumenti del cliente, ma di lui nessuna traccia. Il dramma si ripete una, due, tre, quattro volte... e sempre il 12 ottobre! Ma si è dovuta aspettare l'ottava volta perché un commissario di polizia più furbo degli altri si accorgesse della coincidenza.

Sì, d'accordo, ma, mi direte voi, che c'entra la vasca da bagno con questa storia?

Come, non lo avete ancora capito? È proprio lei, la vasca da bagno da fuori così normale, che divora i clienti. Una volta all'anno, il 12 ottobre per l'esattezza (forse il giorno del suo compleanno), le veniva un languorino. Aspettava che l'ospite della camera 404 si spogliasse, entrasse nella vasca, si lavasse e infine togliesse il tappo per far colare l'acqua.

Ma non era solo l'acqua a colare! Era il povero (o la povera) cliente che colava via tutto intero, aspirato e poi sminuzzato dall'abominevole vasca da bagno. Lei ne traeva un gran piacere, golosona, e faceva molto rumore succhiando, masticando, divorando, triturando la sua vittima innocente! Poi, sazia, iniziava una placida digestione... lunga un anno.

Terrificante, non è vero? Ah sì, lo so, volete sapere come hanno fatto a smascherare la vasca da bagno? D'accordo, lo confesso, l'ho denunciata io! Avevo solo voglia di finire questa storia.

P.S.: Questa storia potrebbe sembrare completamente stupida. Tuttavia ha una morale molto seria. Ascoltate attentamente:

«Bambini, il 12 ottobre non entrate nelle vasche da bagno sconosciute! In caso di dubbio, fate fare il bagno per primo al vostro fratellino o alla vostra sorellina!».

# SEGRETERIA

È tardi. Fabio accende la lampada del comodino, inforca gli occhiali, guarda la sveglia. Sono le 21:53. Spegne la lampada. Non ha paura del buio. Non troppa, comunque.

Aspetta a lungo con gli occhi spalancati. Sa che non riuscirà a dormire. Poi riaccende la lampada. 22:01, soltanto.

Allora si alza, indossa piumino e stivali e si annoda la sciarpa intorno al collo. Apre la porta dell'appartamento, stringe la chiave fra le dita, accende la luce sul pianerottolo, chiama l'ascensore, aspetta.

Le porte dell'ascensore si aprono, Fabio preme il pulsante "T". Piano Terra, dodici piani più sotto.

Attraversa l'androne, esce in strada, duecento metri più in là c'è una cabina. Cerca nella tasca del piumino una carta telefonica. Entra nella cabina e fa il numero.

Una voce recita:

«Risponde la segreteria telefonica di Monica Chiodi. Non sono in casa. Lasciate un messaggio dopo il segnale acustico, grazie».

Fabio attende il segnale acustico e poi parla:

«Ciao mamma. Non riesco a dormire. Per favore, quando torni a casa, vieni ad augurarmi la buona notte».

Ecco, tutto qui. Mette giù il telefono, torna a letto, spegne la luce sul comodino e si addormenta, all'istante.

# CONTA

Entro in salotto. Mia madre sta leggendo una rivista. Non alza gli occhi, non mi guarda.
Mi dico: conto fino a venti. Se a venti non mi ha rivolto la parola, riempio uno zaino e sparisco per sempre. Lo giuro.
Uno… due… tre… quattro… cinque…
Lo so che non mi vuole bene.
Sei… sette… otto… nove…
Se io non esistessi lei potrebbe uscire, divertirsi, riposarsi magari.
Dieci… undici… dodici… tredici…
L'altro giorno, ho sentito che diceva alla sua amica Anna: «Lui mi crea un sacco di problemi», ecco cos'ha detto.
Quattordici… quindici… sedici…
Sono mesi che non mi dà un bacio.
Diciassette… diciotto…
Stanotte ha pianto.
Diciannove… diciannove… diciannove…
Mamma… mamma…
Diciannove… vvv…
«E tu che ci fai qui? A letto, subito! Prima di subito, o ti mollo una sberla!»
Era ora…
Grazie, mamma!

# CALZE

A scuola c'è una direttrice che si chiama signora Conversano. La vediamo di rado, se ne sta quasi sempre chiusa nel suo ufficio. Talvolta passa nei corridoi, simile a un'ombra grigia con due macchie colorate. Le macchie di colore sono le calze. Guardiamo solo quelle. Ne ha decine di paia diverse: verde mela, blu chiaro, rigate, stampate, ricamate…

Al mattino, appena arriviamo a scuola, ciascuno di noi si chiede: «Che calze indosserà oggi?». Perché le calze della signora Conversano nascondono un segreto, significano qualcosa. Peccato che non sappiamo cosa.

All'inizio pensavamo c'entrasse con il meteo: giallo chiaro per «belle schiarite in fine giornata», grigio topo per «nebbia mattutina» ecc. Ma ci siamo resi conto che indossava le calze bianche a pallini viola sia nei giorni di pioggia che in quelli di bel tempo.

In seguito abbiamo creduto che le calze annunciassero i

menu della mensa scolastica. Ma invece non c'entravano niente. Quando si mette le calze verde mela, a volte c'è il budino, a volte il pesce al forno, a volte uova e spinaci.

Allora ci siamo detti: «Forse sceglie le calze in funzione dell'umore. Rosa pallido quando si sveglia col piede giusto; quando si sveglia con la luna storta quelle con i fulmini gialli e rossi ricamati». Ma la signora Conversano non ha umore: è grigia e muta come un sasso. Sempre e comunque.

Oggi però ho scoperto il segreto delle calze. Quando la signora Conversano ha attraversato il corridoio, stamattina, pensavo ad altro. Invece di abbassare gli occhi per guardare il colore delle calze, ho guardato dritto davanti a me: invece di fissare i piedi, ho fissato la testa.

Ed è proprio questo il segreto delle calze: vuole che gliele guardiamo perché la signora Conversano non ce l'ha la testa. Solo una crocchia di capelli e un paio di occhiali.

# SOSPETTO

Appena lo vedo, capisco immediatamente che è successa una cosa grave. È salito sul mio letto e si sta leccando i baffi in un modo che mi insospettisce. Lo guardo attentamente e lui mi fissa con i suoi occhi di gatto incapaci di dire la verità.

Stupidamente, gli chiedo: «Che cosa hai fatto?».

Lui, imperturbabile, si stiracchia e sfodera gli artigli, come fa sempre prima di acciambellarsi per dormire.

Preoccupato, mi alzo e vado a vedere il pesce rosso in sala. Sta nuotando in tondo nella boccia, placido e per nulla interessante, come al solito. La cosa non mi rassicura per niente, anzi. Penso al mio topolino bianco. Cerco di non farmi prendere dal panico, di non precipitarmi nello sgabuzzino dove l'ho sistemato. La porta è chiusa. Verifico comunque che tutto sia in ordine. Sì, il topolino sta rosicchiando un pezzetto di pane secco, al sicuro nel suo cestino di vimini.

Mi dovrei sentire sollevato. Ma mentre metto in ordine la mia camera, vedo che la porta del balcone è socchiusa. Lancio un urlo, le mani cominciano a tremare. Mio malgrado, non riesco a impedirmi di immaginare la scena atroce che mi aspetto di vedere. Meccanicamente, come un automa, proseguo e spalanco la porta a vetri del balcone. Quando alzo gli occhi verso la gabbia appesa al soffitto con un gancio, il canarino, stupito, mi guarda piegando la testa prima da una parte, poi dall'altra. Sono talmente inebetito che mi ci vuole un lungo attimo prima di capire che non gli è successo niente, che non gli manca nemmeno una piuma.

Ritorno in camera e mi sto per sedere alla scrivania quando vedo il gatto aprire un occhio e spiare i miei movimenti. Si sta prendendo apertamente gioco di me.

Mi sorge un dubbio. Un dubbio atroce. Mi precipito in cucina e lancio un grido quando vedo…

Razza di mostro, come ha osato! Ha divorato…

Mi lascio cadere su uno sgabello, sconvolto, distrutto. Incredulo, fisso il tavolo e il piatto rovesciato.

… Ha divorato il mio dolce al cioccolato!

# PRIMO AMORE

*8 settembre*
C'è una nuova alunna in classe. Si chiama Silvia. La signora Amanda le dice di sedersi accanto a me.

*17 settembre*
Silvia mi ha dato una gomma. Le ho dato la mia stilografica.

*8 ottobre*
Silvia è malata. Andrò da lei per portarle i compiti.

*13 ottobre*
Silvia è tornata stamattina. Dopo la scuola l'ho riaccompagnata a casa.

*2 dicembre*
Ho scritto una poesia per Silvia. L'ho buttata.

*29 dicembre*
Vacanze. Mi manca.

*17 gennaio*
Silvia non vuole più che la riaccompagni dopo la scuola.

*18 gennaio*
L'ho vista in biblioteca. Stava parlando con Rocco.

*20 gennaio*
Ho scritto a Silvia.

*21 gennaio*
Ha chiesto di cambiare posto. Adesso è al primo banco.

*30 giugno*
Io l'amo ancora…

# FAGIOLINO

La signora Bartolino adora suo figlio, e dato che adora anche i fagioli lo chiama sempre «fagiolino mio».

Il giovane Bartolino non sopporta di essere preso per un legume. Ogni volta risponde:

«Non mi chiamo "fagiolino mio", mi chiamo Bartolino».

«Va bene, fagiolino mio», risponde la signora Bartolino.

Un mattino, la signora Bartolino sta lavando i piatti nel lavandino mentre suo figlio mangia un panino. Di spalle, la signora Bartolino dice al figlio:

«Fagiolino mio, sbrigati o arriverai tardi a scuola».

Il giovane Bartolino non risponde. La signora Bartolino si gira e lancia un urlo: sulla sedia dove era seduto suo figlio ora c'è un… fagiolo!

«Fagiolino mio!», grida la signora Bartolino. «Ma che ti è successo?»

Prende il fagiolo fra le mani, lo accarezza, lo coccola, lo consola.

«Povero fagiolino mio, povero fagiolino mio», dice commossa. «Come possiamo fare? Non puoi non andare a scuola! È giorno di dettato e di tabelline!»

D'un tratto le viene un'idea. Infila il fagiolo in una scarpina di lana, lo appoggia in un panierino e lo porta a scuola.

Va a trovare il maestro e gli dice, mostrandogli il paniere: «È il mio fagiolino. Il mio povero fagiolino è diventato proprio un fagiolo».

Il maestro la guarda stupefatto e le dice:

«Ma certo, come no, signora Bartolino. Ora però farebbe meglio a tornarsene a casa».

La signora Bartolino gli affida il paniere con il fagiolo e torna a casa.

Ma indovinate un po' chi la sta aspettando, spalmato sul divano, davanti alla Tv? Il giovane Bartolino, naturalmente.

La signora Bartolino è arrabbiata. Non ha ancora perdonato la bravata a suo figlio. Da allora non l'ha mai più chiamato «fagiolino», ma, a seconda dei giorni, «patata» o «rapa».

# GRANDE PICCOLO

Le pietre usate per lastricare la strada non sono pietre. Sono zollette di zucchero. Le stacco a una a una con la mia pinzetta da zucchero e le faccio cadere nella mia tazza di latte. La tazza non è una tazza. È una botte con un manico.

Se tolgo il manico, la botte non è più una botte. È il mio bicchiere porta spazzolini.

Il mio spazzolino non è uno spazzolino. È un palo con peli rossi e bianchi. Getto il palo nell'oceano. Non è l'oceano, è il lavandino pieno d'acqua.

Guardo nello specchio e vedo un gigante. Non è un gigante, sono io. Non sono io, è un nano. Non è un nano, è… boh.

Nano o gigante?

Piccolo o grande?
«Piccolino», dice la mamma.
«Com'è piccolo», dice il medico.
«Povero piccolo», dice la vicina.
«Sei grande», dice la mamma.

# PICCOLI ANNUNCI

La cosa più difficile è stato l'inizio.
La prima volta ho provato così: «Giovane, alto, snello, bellissimi occhi azzurri, lunghi capelli biondi, lineamenti regolari, risultati brillanti in tutte le materie, vincitore del primo premio di pianoforte e mandolino, sportivo agonistico, eccellente educazione, affascinante, modesto, distinto…».

Ma mi è sembrato un po' troppo lungo.

Poi sono passato a questo: «Giov., fis. pazzesc., oc. blu, cap. bio., educ. wow, dipl. mus., sport., molt. gent., tant. qual…».

Ma mi è parso poco chiaro.

Allora ho tentato con: «Giovane, assolutamente perfetto…».

Ma l'ho trovato troppo conciso.

Alla fine ho individuato la formula giusta:

«Giovane, bello, intelligente, talentuoso, gradevole, vende skateboard in buono stato. Tel. 02 42778658, ore pasti».

# ROBOT

Io ho un robot. L'ho inventato io. Mi ci è voluto un sacco di tempo, ma ce l'ho fatta.

Non lo faccio vedere a nessuno. Neanche alla mamma. È nascosto in fondo alla camera in fondo al corridoio, quella dove non andiamo mai, quella con le tapparelle sempre abbassate.

Il mio robot è grande. È anche fortissimo, ma non troppo forte. Sa anche parlare. La sua voce mi piace molto.

Sa fare tutto, il mio robot. Quando devo fare i compiti, mi spiega. Quando gioco con i Lego, mi aiuta. Una volta abbiamo costruito un razzo e un satellite.

Il pomeriggio, quando rientro da scuola, lui è lì.

Mi sta aspettando. Non ho nemmeno bisogno di tirare fuori la chiave che porto al collo, perché lui viene subito ad aprire.

Poi mi prepara la merenda, una tartina al burro con sopra una spolverata di cacao. E io gli racconto della scuola, dei compagni, di tutto...

Un giorno sono arrivato in ritardo. C'era stato un incidente vicino a scuola, una moto era stata investita da un camion. Mi sono fermato a guardare gli infermieri che caricavano il ferito sull'ambulanza. Quando sono rientrato, erano già quasi le sei.

Mi stava aspettando sulle scale. Quando mi ha visto si è precipitato verso di me. Mi ha afferrato per le spalle e mi ha scosso, gridando:

«Ma hai visto che ore sono? Ma lo sai che ore sono? Dove sei stato? Potevi avvertirmi...».

Non ho detto niente, ho solo chinato la testa. Allora si è abbassato e ha detto, dolcemente:

«Cerca di capirmi, mi sono preoccupato...».

Io l'ho guardato dritto negli occhi ed era vero, ho visto la preoccupazione nei suoi occhi, non c'era quasi più collera. Allora gli ho messo le braccia intorno al collo. Mi ha sollevato e mi ha portato dentro.

Io voglio bene al mio robot.

Gli ho dato un nome,
lo chiamo «papà».

# SEMPRE LA STESSA COSA

È sempre la stessa cosa...
La maestra scosta la sedia dalla cattedra.
Ci guarda tutti, uno dopo l'altro. O meglio, ci ispeziona. Alla fine si siede (in realtà appoggia solo una chiappa sulla sedia, perché la sedia è troppo piccola per il sedere della maestra). Poi si alza di scatto, talmente di scatto che le ballonzola tutto: le guance, il petto, la pancia e la ciccia delle braccia. E poi si scaglia contro di me, gridando:
«Ascanio! Ancora tu! Sei sempre tu!».

Ma oggi ho messo un uovo sulla sua sedia, un bell'uovo fresco di giornata.
La maestra scosta la sedia dalla cattedra. Ci guarda tutti, uno dopo l'altro. O meglio, ci ispeziona. Alla fine si siede (in realtà, appoggia solo una chiappa sulla sedia, perché la sedia è troppo piccola per il sedere della maestra). Poi si alza di scatto, talmente di scatto che le ballonzola tutto: le guance, il petto, la pancia e la ciccia delle braccia. E poi si scaglia contro di me, gridando:
«Ascanio! Ancora tu! Sei sempre tu!».
Come dicevo, è sempre la stessa cosa.
Tranne che questa volta è diverso.

# LUPO MANNARO

Nino entra in classe correndo, è in ritardo, come al solito.

«Maestro, maestro!», grida ancora senza fiato. «Stanotte ho visto un lupo mannaro.»

«Alla televisione?», chiede Monica.

«Ma no, per davvero!»

«Piantala con queste scemenze», dice Fabio.

«Vuole fare il figo», dice Valentina.

«Uuuuuh… uuuuh… uuuuh lupo mannaro!», urla Dario per scherzare.

Il maestro si cala il cappello sulle orecchie.

«Ve lo giuro», dice Nino. «Era vestito come un uomo, ma io ho visto le sue zampe pelose con degli artigli lunghi così!»

«E aveva lo smalto sugli artigli?», domanda Alice, piegata in due dalle risate.

Tutta la classe scoppia a ridere rumorosamente.

Il maestro dal canto suo si raddrizza il collo della giacca con le mani guantate di nero.

Nino si arrabbia:

«Ma se vi dico che l'ho visto! Aveva anche orecchie appuntite e due dentoni aguzzi, come un lupo. Per non parlare degli occhi, rossi come braci ardenti! Quando ha cominciato a rincorrermi ho pensato di morire dalla paura! Ancora mi chiedo come ho fatto a sfuggirgli…».

Ma nessuno lo ascolta più. Aspetta un attimo, poi si siede, deluso, al suo posto.

«Silenzio!», grida il maestro con voce rauca, ringhiante. Da dietro gli spessi occhiali neri guarda fisso Nino e borbotta fra i denti: «Quanto a te, la prossima volta non mi scappi!».

# MIA SORELLA

Ho guardato la mia sorellina nella sua culla. Dormiva. Com'era brutta! L'ho girata sulla pancia. Ma vedevo ancora i suoi capelli biondi e luminosi. Ho tirato su il lenzuolo. Non bastava. Le ho lanciato due cuscini sulla faccia. E ho chiuso gli occhi. Tutto inutile. Adesso la vedevo nella mia mente. Ho dato un calcio alla culla. È caduta per terra. L'ho presa per i capelli e l'ho scossa. Non pesano tanto quegli affarini. L'ho scossa molto forte. Ha emesso un gemito: «Mam-ma-mam-ma». Dopo, il meccanismo si è inceppato. L'ho lanciata in aria ed è ricaduta sul letto di testa con gli occhi spalancati.

Poi mamma è entrata e ha detto: «Ma cosa stai facendo alla tua bambola?». Le ho risposto: «È mia sorella». Lei ha

sospirato, si è seduta sul bordo del letto a causa del pancione. Sembrava avesse un grosso sacco della biancheria appoggiato sulle ginocchia. Mi ha stretto al petto. «Sai, non sarà una bambina. Oggi sono stata dal dottore. Ha guardato nella mia pancia per vedere se il bambino sta bene. È un maschietto.»

«Significa che avrò un fratellino?»

«Sì», ha risposto la mamma.

Ho riflettuto un attimo, poi ho detto: «Così va meglio».

Ho preso la mia bambola, l'ho messa nella sua culla e l'ho guardata a lungo. E comunque, quanto era brutta...

# UN MARZIANO

*Pianeta Marte, ore 21.*

Caro papà, cara mamma, proprio così, sono su Marte. Spero proprio che siate terribilmente in pensiero da stamattina e che mi abbiate cercato dappertutto.

Inoltre, questo pomeriggio vi ho osservato con i miei satelliti spia e ho visto chiaramente che avevate una faccia strana. Ho anche sentito che papà ha detto: «Non è possibile, deve essergli successo qualcosa!» (come potete constatare i miei microfoni a distanza sono ultrapotenti). Un po' mi vergogno a dirlo, ma lo dico lo stesso perché è la verità: sono molto contento che vi siate preoccupati. A conti fatti, è tutta colpa vostra. Se non mi aveste proibito di andare al cinema con il mio amico Francesco non me ne sarei andato. Sono stufo di essere trattato come un bambino. Concordo sul fatto che non avrei dovuto chiamarvi vecchi sadici, ma la mamma mi

ha dato dell'ameba, quindi siamo pari.

Non chiedetemi come sono arrivato qui, è un segreto e ho giurato di non dirlo. Comunque, stare su Marte mi piace. Gli abitanti non sono molto belli da vedere, ma sono molto simpatici. Nessuno ha niente da ridire se hai la malasorte di prendere un'insufficienza in geografia, e sapete a chi alludo…

Non posso negare che succedono anche delle cose un po' strane. Non mi riferisco a quelle specie di

scarabei che i marziani sgranocchiano all'ora dell'aperitivo, in fondo anche sulla Terra c'è della roba immangiabile. Per esempio il cavolfiore. No, la cosa più assurda è il modo in cui fanno i bambini. Basta che un ragazzo e una ragazza si guardino negli occhi e oplà! Diventano papà e mamma. Ho già una mezza dozzina di figli. Penso che metterò gli occhiali da sole, mi sembra più prudente.

Avrei ancora un sacco di cose da raccontarvi, ma preferisco fermarmi qui. Statemi bene e a presto, spero.

Lodovico

P.S.: Spero che abbiate la gentilezza di mandarmi due panini al salame, uno yogurt alla fragola e una bottiglia di succo d'uva. E ditemi se siete ancora arrabbiati.

P.P.S.: Basta che lasciate il pacco e la lettera davanti alla porta della soffitta. Non preoccupatevi, arriverà.

# LUMACA E TARTARUGA, TARTARUGA E LUMACA

Una giovane lumaca che sta andando in vacanza incontra lungo il cammino una vecchia tartaruga intenta a contemplare il paesaggio. È la prima volta che la lumaca vede una tartaruga, ed è una grande sorpresa per lei scoprire che le lumache non sono i soli animali a trasportare la casa sulla schiena. Solo che quella vecchia tartaruga le sembra brutta e grassa. E così non si fa scrupoli a dirglielo. La tartaruga, furibonda, si arrampica su di un masso, salta sulla lumaca e la spiaccica sotto la sua corazza.

Molto lontano, una giovane tartaruga che sta andando in vacanza incontra lungo il cammino una vecchia lumaca intenta a contemplare il paesaggio. È la prima volta che la tartaruga vede una lumaca, ed è una grande sorpresa per lei scoprire che le tartarughe non sono i soli animali a trasportare la casa sulla schiena. Solo che quella vecchia lumaca le sembra molto brutta e molto piccola. Non si fa scrupoli a dirglielo. La lumaca, furibonda, si arrampica su di un masso, salta sulla tartaruga e si spiaccica sulla sua corazza.

# EDUCATO

Io sono educato. Ma non è colpa mia, è che sono troppo timido. Infatti quando un adulto mi parla, riesco solo a dire: «Buongiorno signora. Grazie mille. Per favore. Sì, signore...».

L'altro giorno la mamma mi ha detto: «Porta questo barattolo di marmellata alla signora De Longhi Poretti. Ma sbrigati e, soprattutto, se ti invita a entrare, dille che non hai tempo».

Sono quindi andato dalla signora De Longhi Poretti. Abita in una vecchia casa circondata da un giardino abbandonato, una vera giungla. Sono riuscito a fatica ad aprirmi un varco nella vegetazione e ho bussato alla porta.

«Buongiorno tesoro», ha detto la signora De Longhi Poretti aprendo la porta. «Com'è gentile da parte tua venire a far visita a una povera vecchia signora sola!»

«Buongiorno, signora», le ho risposto io educatamente. «Mamma le manda...»

«Ma entra, prego, tesoro», mi ha interrotto la signora De Longhi Poretti. «Non restare lì impalato, rischi di prendere freddo.» Naturalmente non ho osato rifiutare e ho seguito la signora De Longhi Poretti in salotto. Con un gesto della mano mi ha indicato una vecchia poltrona sfondata. Mi sono seduto educatamente. Orrore! Mi è sembrato di scomparire nella tazza di un gabinetto! Sono riuscito ad aggrapparmi ai braccioli un attimo prima che fosse troppo tardi.

«Sei comodo, tesoro?», mi ha chiesto la signora De Longhi Poretti con la sua voce gracchiante.

«Sì, signora», le ho educatamente risposto. Poi ho sentito una cosa schifosa appoggiarsi sulla mia gamba.

«Tesoro, non ti dà fastidio, vero, se Pepito si mette sulle tue ginocchia?», mi ha domandato la signora De Longhi Poretti.

«No, signora», le ho risposto educatamente.

E Pepito, dopo aver scalato la mia gamba destra, si è accomodato sulle mie ginocchia. Si è anche divertito a solleticarmi il naso con la sua linguetta biforcuta. Non potete nemmeno immaginare quanto pesi un boa constrictor.

La signora De Longhi Poretti mi ha lasciato due minuti da solo con Pepito, poi è tornata con un bicchiere in mano.

«Tieni, tesoro», ha detto. «Ti ho preparato un bicchiere di succo di mela.»

Effettivamente aveva lo stesso colore del succo di mela, ma non certo lo stesso odore. E quando ho cominciato a bere mi sono accorto che era whisky. Ma, ci mancherebbe, non ho osato dire niente e ho scolato il bicchiere facendo smorfie orribili perché mi bruciava lo stomaco.

Poi mi sono sentito strano, diverso. E quando la signora De Longhi Poretti mi ha offerto la scatola di sigari le ho dato un gran calcio, ho lanciato il suo Pepito dalla finestra e ho detto a quella vecchia strega:

«Signora De Longhi Poretti, lei è una...».

Ma no, non posso ripeterlo. Non mi permetto... sono troppo educato!

# MAMMA

Mamma, sul serio, sarebbe meglio che tu mi volessi un po' meno bene. Il tuo amore, sai, è come un grosso dolce che, a mangiarne troppo, dà la nausea. Un po' va bene, troppo fa star male.

Al mattino, quando faccio colazione, mi stringi fra le braccia e mi chiami «paperotto», «patatino adorato», «zuccherino mio»… È pericoloso, mamma. Un giorno o l'altro un boccone mi andrà di traverso e finirò strozzato.

A mezzogiorno, all'uscita da scuola, mi piombi addosso e mi baci sulla bocca davanti a tutti i miei amici. Tu non ti rendi conto, mamma, un giorno morirò di vergogna. Sarà colpa tua, non dire che non ti ho avvertita.

Su, dai mamma, smetti di piangere. Ascolta, ho un'idea.

Tutto questo amore di troppo potremmo dividerlo. Sono sicuro che Francesco, il figlio dei vicini, ne accetterà volentieri un po'. Suo padre lo picchia quando è ubriaco e sua madre non c'è mai. Sofia, lo stesso. Suo padre si è trasferito in Australia, e sua madre si è risposata con un inglese. Un'ora di affetto, di tanto in tanto, credo proprio che le potrebbe interessare.

E poi, mamma, se hai così tanto amore, perché non ne conservi un po' per papà? A me non mancherà. E sono sicuro che lui non rifiuterà. Forse tornerebbe a vivere con noi se tu gli volessi un po' di bene, anche solo un pochino, non credi?

# TI AMODIO

Gli altri hanno l'amichetta. Io invece ho una grande nemica. Si chiama Virginia. La conosco dai tempi della scuola materna, e prima era come se non esistesse. Adesso è tutto il contrario. Penso a lei continuamente, anche di notte, mentre dormo. La odio. La trovo brutta, orrenda, spaventosa, con quei suoi capelli biondi e quei grandi occhi blu colore del liquido per il water.

Tutti i giorni le mando messaggi. Non messaggi dolci, messaggi orribili: «Grossa gallina, resta nel pollaio», o «sporca lumaca, piantala di sbavare sulle mie insalate». Lei mi risponde su carta da lettere verde vomito, profumata alla candeggina e decorata di teschi.

Quando siamo in fila mi metto apposta dietro di lei per farle lo sgambetto sulle scale. Lei mi dà pizzicotti tripli sui polpacci. Fanno malissimo. È la prima ragazza che odio così. La detesterò per sempre, ne sono sicuro, anche fra dieci anni, quando sarò grande. Ma lei penserà ancora a me?

Giovedì scorso, durante l'intervallo, ha litigato con Federico. Gli ha pinzato il naso gridando, davanti a tutti: «Ti odio! Ti odio!». Sono morto di gelosia, ma ho fatto finta di non sentire. Ne sarebbe stata troppo felice. Per vendicarmi, l'ho lasciata in pace quando siamo rientrati in classe. Le ho anche sorriso, per farle vedere che non la odiavo più. E durante l'ora di matematica ho mandato un biglietto a Rachele, che è seduta nel banco con lei: «Rachele puzza di fiele!». Ho sbagliato apposta la mira e il biglietto è caduto sul banco di Virginia. Quando l'ha letto, è sbiancata.

All'uscita mi è corsa dietro. Mi sono messo a correre ma mi ha preso per un braccio e mi ha ficcato le unghie nella mano. Non mi sono difeso e questo l'ha fatta diventare pazza di gelosia. «Dimmelo, dimmelo che mi odi!»

Ma a quel punto mi sono messo a urlare, più forte di lei: «Io? Io non ti ho mai odiato! Al contrario, io ti amo, ti amo, ti amo!».

Non mi ha risposto. Mi ha voltato le spalle. Ho visto che piangeva. Allora le ho dato un calcio nel sedere, per consolarla.

# PROGRAMMA

Suo padre è psicologo, sua madre ingegnere informatico. Insieme hanno creato un programma per la sua educazione. Tutto è previsto: il peso in grammi per ogni razione di spinaci; l'ora alla quale si deve coricare sabato 3 luglio; i baci e le coccole che può pretendere (2,1 baci in media al giorno; 4,3 i giorni festivi); il colore delle calze che indosserà il giorno in cui compirà otto anni…

Tutte le mattine il computer lo sveglia con una canzoncina un po' stonata: «Svegliati, ometto», e poi gli elenca il programma della giornata.

Lui obbedisce ciecamente, seguendo le istruzioni senza fiatare. È programmato per questo, tutto sommato. Una sola cosa lo disturba. Talvolta il computer gli annuncia: «Oggi, alle ore 16 e 32 minuti, monelleria».

I suoi genitori sanno che un bambino normale, qualche volta, fa le monellerie. «È inevitabile, addirittura indispensabile per il suo equilibrio.»

Lui questa cosa la odia. Non tanto perché dopo lo rimproverano, perché è evidente che fanno finta di arrabbiarsi e che sono fieri di lui quando s'inventa una monelleria originale. Ma è proprio questa la difficoltà. È completamente privo di fantasia, e deve torturarsi il cervello per inventare ogni volta una monelleria nuova. In passato ha elettrificato la maniglia della porta d'ingresso una sera in cui i suoi genitori avevano organizzato una grande festa; ha gettato dei piraña in piscina mentre sua nonna faceva una nuotata; ha trasformato la poltrona del suo maestro in seggiolino eiettabile. E tanto altro ancora.

Ma adesso è a corto d'idee. Non sa davvero più cosa inventare. Allora, quel mattino, quando il computer annuncia: «Oggi, ore 7 e 28 minuti: monelleria», si mette a riflettere disperatamente. E, appena in tempo, gli viene in mente l'unica monelleria che gli manca.

Si siede davanti al computer, preme tutti i pulsanti, dà migliaia di istruzioni e così distrugge per sempre il programma che lo educa.

# INDAGINE

Mia nonna è un'investigatrice dilettante. A forza di leggere romanzi polizieschi e di studiare i metodi di Sherlock Holmes, di Hercule Poirot e del commissario Montalbano si è detta: «E perché non io?». Da allora si è messa a indagare e trova sempre il colpevole.

Ho deciso di calcare le sue orme e, l'altro giorno, le ho chiesto di prendermi come apprendista detective.

«D'accordo», ha detto lei, «sarai il mio assistente. Appena mi si presenterà un nuovo caso farò ricorso a te».

Ebbene, oggi stesso ho avuto l'occasione di seguire la nonna e di osservare i suoi metodi. Il massimo della comodità: è successo a casa nostra. La mamma ha scoperto il misfatto: la crema al cioccolato che aveva preparato per la cena era stata (sostanzialmente) intaccata, e ne restava appena la metà. Nonna si è messa al lavoro senza perdere tempo prezioso.

Per prima cosa ha indossato un impermeabile e infilato un cappello. Così agghindata ha interrogato la vittima: «A che ora hai scoperto il furto?», ha chiesto alla mamma.

«Alle tre e mezzo, quando sono andata a prendere uno yogurt.»

«A che ora hai messo la crema in frigo?»

«Verso le dieci, stamattina», ha risposto la mamma.

«Bene», ha concluso la nonna, «possiamo dunque dedurre che il malfattore ha operato tra le dieci e le quindici e trenta.

E adesso esaminiamo la scena del crimine in cerca di indizi».

Innanzitutto voleva rilevare le impronte digitali sulla ciotola della crema, ma sono riuscito a impedirglielo: non volevo che rovinasse quello che restava della crema al cioccolato! Poi ha cercato di individuare sulle piastrelle del pavimento le orme del ladro. Ma la cucina non veniva pulita da una settimana, e quindi il pavimento era coperto da un numero incalcolabile di impronte, peggio dell'atrio di una stazione.

«Non importa», ha detto la nonna. «Stabiliremo i movimenti dei sospetti nel corso della giornata e, credimi, finirò per mettere le mani sull'artefice di questo crimine!»

E il tono con cui ha detto queste parole era così feroce che mi sono venuti i brividi lungo la schiena.

Ha poi convocato i sospetti, ovvero mio padre e mia sorella, i soli, oltre a me e alla mamma, ad avere libero accesso alla cucina. Anna, la mia sorellina, aveva un solido alibi: era in trasferta con la scuola di danza e poteva vantare una trentina di testimoni.

L'interrogatorio di papà è stato nettamente più interessante. Inizialmente ha sostenuto di aver passato tutta la giornata in ufficio. Ma quando la nonna ha impugnato il telefono per chiamare la segretaria, ha ammesso di aver annullato due appuntamenti con dei clienti per andare a pescare con il suo amico Marco. Aveva l'aria di un bambino colto sul fatto!

A questo punto quella più contrariata era la nonna: se tutti i sospetti avevano un alibi, il caso si complicava! Ma non era ancora detta l'ultima parola.

«Seguimi», mi ha ordinato. «Risolviamo questo problemino.»

Siamo saliti in camera. Ha riempito una pipa e si è messa a fumare tossendo vio-

lentemente. «Adesso bisogna riflettere: la soluzione è davanti ai nostri occhi!», ha detto.

Io sono rimasto zitto. L'ho guardata rimuginare. Improvvisamente si è alzata di scatto e si è precipitata in salotto. Ha puntato il dito verso la mamma gridando: «Ci sono, sei tu che hai mangiato la crema al cioccolato! Ben architettato, il colpevole che si fa passare per vittima, molto bene, veramente molto bene. Ma non avevi messo in conto il mio fiuto, non è vero?».

Ne è venuta fuori una tragedia mai vista. Mamma ha chiamato nonna «Sherlock Holmes da strapazzo» e «commissario da operetta». Alla fine nonna si è dovuta scusare. Ma era soprattutto per me che le dispiaceva: per il fatto che aveva fallito miserevolmente nel momento stesso in cui voleva insegnarmi il suo metodo! Le ho detto che non doveva dispiacersene, che andava bene lo stesso.

Ed è vero che andava bene, anzi benissimo, così. Perché il colpevole, il divoratore di crema al cioccolato, io lo conosco bene. Sono io.

# DIALOGO

«Vieni qui, ti devo parlare! È vero quello che ha raccontato la signora Botta? È vero che hai chiamato il suo chihuahua "schifezza pelosa"? Non ti vergogni? Cosa ti ha fatto quella povera bestia? Ti ha morso? Quella cosina piccola piccola che non farebbe male a una mosca? E io, che figura ci ho fatto davanti alla signora Botta? Ci hai pensato? Ehi, mi ascolti? Ti ho fatto una domanda. È inutile che ti guardi la punta dei piedi, sto parlando con te! Fammi la cortesia di andarti a scusare, capito? Non discutere, è un ordine. E porta un osso a Ringhio, povero cagnolino. Ma insomma, che ti è preso? Me lo vuoi spiegare? E comunque non hai scuse. Scuoti, scuoti la testa, tanto non mi impressioni. Zitto, non ti voglio sentire fiatare. Mi pare che farti delle osservazioni sia il minimo! Dovresti pensare prima di parlare, dammi retta. Ti eviteresti un sacco di problemi. Mi ascolti? Rispondi! Oh, so cosa stai per dire, ti stai per inventare un'altra delle tue storie improbabili! Sì, sì, ti conosco bene, lo scilinguagnolo non ti manca. Mi chiedo da chi avrai preso. E non interrompermi quando parlo! No, questo è troppo. Se credi di avere l'ultima parola, ti sbagli di grosso, caro mio. Guarda, guarda, s'è messo a fare il muso, adesso! Il signorino si è offeso! Ebbene, se è questo che vuoi, non ti parlerò più, mai più! Puoi supplicarmi, prostrarti ai miei piedi, resterò muta come una tomba. Sei molto infastidito, eh? Peggio per te, ti avevo avvisato. Così impari a interrompermi continuamente. E vedrai cosa dirà tuo padre appena torna. Ah, vedo che hai perso la lingua! Fai meno il gradasso adesso…»

Ecc., ecc., ecc…

(Questa storia non finisce, ma non è colpa mia.)

# METRÒ

Non volevo salire su questo treno. Quando ho visto i vagoni strapieni ho proposto a papà di prendere quello dopo. Lui ha fatto spallucce e mi ha spinto in avanti. Altri passeggeri sono riusciti a infilarsi assieme a noi e a incastrarsi fra gli altri viaggiatori che erano già stipati come sardine.

Sono stretto fra un rockettaro di periferia, con i pantaloni e la giacca di cuoio, e una suora che sa di caramelle all'anice. Soffoco. Ho l'impressione di essere tagliato a pezzi: braccia, gambe, testa, torace, niente si tiene più insieme.

Alla stazione successiva il rockettaro, per uscire, si incunea nella massa di corpi aggrovigliati che lo imprigionano. Il mio maglione si è impigliato in un chiodo della sua cintura e devo lottare per evitare che mi trascini con sé. Degli altri passeggeri si riversano nel vagone e sento i polmoni svuotarsi come un pallone stretto fra le mani. Ora mi trovo con il volto schiacciato contro una schiena anonima e non vedo più niente.

Dopo un po' sento la voce di mio padre che dice:
«Preparati, scendiamo alla prossima».

Cerco di liberarmi, ma non trovo più le mie membra. Impossibile disincastrare un braccio, muovere una gamba, appoggiarsi su un piede. Riesco solo a girare la testa, a riconoscere il parka verde di mio padre che si fa strada fra la folla, a vederlo allontanarsi sul binario senza girarsi, senza

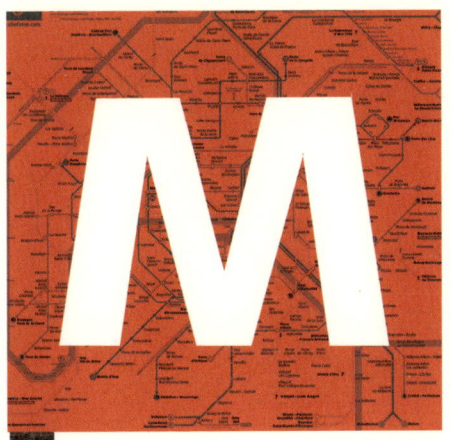

assicurarsi che lo stia seguendo. Cerco di chiamarlo, ma una nuova onda umana mi sommerge, mi respinge nel buio e nel silenzio.

Non so quanto tempo è durato il tragitto.

Quasi subito smetto di contare le stazioni, quasi subito perdo la speranza di uscire da quella mischia. Poi sento allentarsi la pressione intorno a me, sento l'aria circolare liberamente, e capisco che ci stiamo avvicinando al capolinea. Infatti l'altoparlante annuncia:

«Prossima fermata Bisceglie, capolinea. Tutti i passeggeri sono pregati di scendere».

Scendere? Sì, ma come? Mi sembra di fluttuare, di essere diventato così leggero da non poter mettere mai più piede a terra. Mi concentro disperatamente, ci metto tutta la mia volontà, ma non riesco a muovermi, a compiere il più piccolo movimento.

Poi sento dei passi. Penso: «Deve essere un agente della sicurezza venuto a controllare che le carrozze siano vuote. Mi aiuterà a uscire». La porta si apre. Una voce dichiara: «Nessuno».

La porta si richiude.

In quel momento capisco che non esisto più.

# CHI SONO?

*Ore 7:00 (mamma):*
«Forza, marmottina mia, è ora di alzarsi!».

*Ore 7:30 (papà):*
«Maiale che sei! Non potevi stare attento? Ho i pantaloni pieni di cioccolato!».

*Ore 9:26 (il signor Sozzi, il mio professore di matematica):*
«Lorenzo, sei una scimmia! Cosa credi che non ti vedo fare le smorfie a Giulio?».

*Ore 10:04 (Valeria):*
«Vattene, faccia di topo, non ti parlo più».

*Ore 12:11 (nonna):*
«Allora, orsacchiotto, com'è andata a scuola?».

*Ore 14:42 (signora Ceruti, prof di educazione fisica):*
   «Ma muoviti, razza di elefante, è uno scatto non una corsa di lumache!».

*Ore 15:06 (di nuovo la nonna):*
   «Allora, coniglietto mio, è stata dura questo pomeriggio?».

*Ore 18:30.*
   Sono seduto al tavolo della cucina, ho un quaderno aperto davanti a me. Devo fare un disegno per domani. Soggetto: «Disegna il tuo autoritratto».
   Credo che non sarà facile.

# ACCESSORI

È un negozio in una via poco frequentata. A prima vista non ha niente di straordinario. La facciata è piuttosto moderna, con un'insegna al neon che lampeggia rossa e gialla: «Accessori di tutti i tipi». E l'insegna non mente, a giudicare dalla vetrina. Che miscuglio! Una sega elettrica è esposta accanto a un paio di doposci; penne stilografiche, pettini e bombolette di panna montata circondano una console di videogiochi... Sulla porta una scritta avverte: «Vendita riservata ai professionisti».

Professionisti, sì, ma professionisti di che? Ti piacerebbe saperlo? Vorresti dare un'occhiata? D'accordo, entra pure, ti apro la porta del negozio. Seguimi, ti farò da guida.

Gira qui a destra, sì, proprio in questo corridoio.

Hai letto il cartello «Eroi ed eroine»?

Rigorosamente allineate sulle mensole, tutte queste bambole di cera a grandezza naturale sembra-

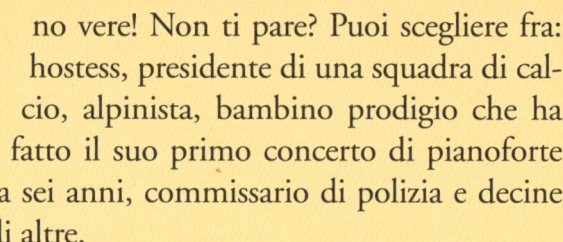

no vere! Non ti pare? Puoi scegliere fra: hostess, presidente di una squadra di calcio, alpinista, bambino prodigio che ha fatto il suo primo concerto di pianoforte a sei anni, commissario di polizia e decine di altre.

Cominci a capire dove ti trovi? No? E allora passiamo al reparto «Oggetti magici». Qui potrai trovare telecomandi, cellulari, antenne paraboliche, ma anche macinacaffè, arricciacapelli, mollette da bucato, penne cancellabili e tanti altri oggetti, tutti sistemati con cura ed etichettati. Alla fine del reparto c'è una locandina pubblicitaria: «Per ogni acquisto del trapano magico Miniflex, ritiriamo per un massimo di cinquanta euro la vostra bacchetta magica, anche se fuori uso».

Adesso ci sei arrivato, non è vero? Hai indovinato, penso, che questo negozio è riservato ai narratori di storie professionisti.

Proprio così, i costruttori di storie hanno bisogno di accessori per rinnovare la loro immaginazione e modernizzare i racconti. Gli stivali delle sette leghe, i principi azzurri trasformati in ranocchi sono cose che cominciano a sapere di antico, e non poco. Per appassionare il lettore, i narratori devono ormai sostituire le carrozze con treni ad alta velocità, i draghi con pistole laser e le fate con top model poco vestite. Per intenderci: sono costretti a sembrare moderni.

    Anche io, visto che scrivo storie, mi servo in questo negozio. Per esempio, al reparto «Trasformazioni» prendo una pattumiera di plastica, il modello più economico. Nel reparto «Oggetti magici», scelgo una gomma rossa e blu: non è il caso di far pazzie, quella che voglio scri- vere è una storia a buon mercato. Mi serve ancora un eroe, certo. E se prendessi te? Non mi costerà tanto... Manca solo il cattivo, che giocherà un brutto tiro all'eroe. Trovato, sarò io, è il ruolo che preferisco.

    Perfetto, ho tutto il materiale necessario. Si parte! Puf! Eccoti trasformato in pattumiera di scarsa qualità. Peggio per te, non dovevi ficcare il naso in questa storia. Datti da fare per venirne fuori. Ti lascio la gomma rossa e blu, sembra che sia magica... buona fortuna!

    Ah, dimenticavo: se pensi che l'eroe vinca sempre e che le storie siano sempre a lieto fine, mi spiace deluderti: anche questo aspetto è stato modernizzato...

# AMORE, SEMPRE

È il 14 febbraio, giorno di San Valentino, che, come tutti sanno, è la festa degli innamorati. Nella loro camera, mia sorella Nadia e il suo amichetto Fabio tubano più intensamente del solito.

Il risultato è più o meno questo:

FABIO: Nadia, passerotto, pulcino, pollastrella mia, babà al rum farcito di crema pasticcera all'arancia, marmellatina di mirtilli cento per cento frutta, schiuma da barba al mentolo del mio cuore, asse da stiro professionale a ricarica continua della mia vita, mi passeresti i calzini che sono accanto a te?

NADIA: Fabio, zucchero, paperotto, cioccolatino mio, yogurtino alla fragola, mascarpone con panna sopra e sotto, dentifricio ultra protezione, robot aspirapolvere programmabile, mio adorato congelatore da duecentoventicinque litri, prenditeli da solo!

Intenerito fino alla punta dei piedi, non perdo una sillaba e scrivo una per una tutte queste paroline d'amore su un quadernetto a spirale: chi lo sa, penso, un giorno potrebbero servirmi, forse prima di quanto si possa pensare…

E di là intanto proseguono.

FABIO: Violetta adorata, bocconcino di pappa per il cane, preziosa farina di grano manitoba, caffettierina napoletana, cassatina siciliana con i pezzetti di cioccolato, non lo vedi che sono bagnato fradicio e che rischio di allagare la moquette, forza, muoviti, dammi le mie calze, non ti verrà mica l'ernia!

NADIA: Piccolo set di sacchetti per l'immondizia, tostapane a termostato regolabile, raviolino burro e salvia, cuffie wireless a iperradiofrequenza, sacchettone di patatine fritte precotte surgelate, vai a farti un giro e levatelo dalla testa, non sono la tua serva, cavatela da solo.

Da questo momento esatto in poi, se ne sono dette di tutti i colori. Ho smesso di prendere appunti perché la terminologia che i due innamorati si schiaffavano in faccia la conosco a memoria.

Sono un po' deluso, ma anche rassicurato: alla fine, tutto sommato, parlare d'amore non è complicato come sembra.

# TENTAZIONE

Non finirà mai questo strazio? Da quant'è che siamo seduti a tavola? Due ore? Tre ore? I settant'anni di nonno, che cosa appassionante! Se almeno ci fossero dei ragazzini… e invece no, siamo solo io e le mie cugine, due poppanti di sei anni.

Non so più che fare per non morire di noia.

Allora mi metto a immaginare. Hanno appena appoggiato il piatto dei formaggi. Prendo uno yogurt. Davanti a me la zia Isabella parla, parla, parla… Vediamo, e se io immergessi (immagino, certo, immagino soltanto), se io immergessi un cucchiaio da minestra nello yogurt… Lo metto in equilibrio sul bordo del piatto, do un pugno secco sul manico e… bang, becco in pieno la sua scollatura! Sto solo immaginando, certo, sto solo immaginando.

Mamma mia, che finimondo scoppierebbe! «Ugo, santo cielo, Ugo!» gemerebbe la mamma, mezzo soffocata. «Ma questo bambino è pazzo!», urlerebbe papà. Vediamo, cosa mi potrebbe succedere? Otto giorni confinato in casa, mancia sospesa per due mesi, obbligo di lavare i piatti fino alla fine dei miei giorni...

Sì, ma immagino anche la faccia della zia Isabella. Lunghi ruscelletti bianchi dappertutto, sul vestito, il petto, la bocca, i capelli... Ah, se ne starà zitta una volta per tutte! «Blup, blup, blup» è tutto quello che potrà dire, scuotendosi come un'annegata che è stata ripescata appena in tempo. Sto solo immaginando...

Ma che sto facendo con questo cucchiaio pieno di yogurt? Attenzione a non rovesciare niente sulla tovaglia. Appoggio il cucchiaio sul bordo del piatto. No, non ci devo nemmeno pensare! E quella cretina davanti a me che parla, parla e che si china in avanti, offrendo allo sguardo le sue tettone… No! Non dimenticare, niente mancia per due mesi, lavare i piatti fino alla fine dei tuoi giorni…

Troppo tardi! Un pugno sul manico del cucchiaio e un getto di yogurt esplode sulla fronte, gli occhi, la bocca di zia Isabella, per poi diffondersi, scivolando in lunghi ruscelli esitanti sul mento, il collo, il petto… Un grande silenzio, seguito da un'esplosione di urla stridenti…

Tentazione, non ho saputo resisterti.

# CIOCCOLATO

Spinge la porta della sala da pranzo, entra, avanza dritto verso il mobiletto, quello dove sono conservati i cioccolatini che non può mangiare. Apre il mobiletto, tende la mano verso la scatola rossa e oro e sceglie un cioccolatino a caso… poi si dice no, rinuncia deluso e torna in camera sua.

Dieci minuti dopo, nuovo tentativo. Questa volta il parquet del corridoio scricchiola un pochino quando passa davanti alla scarpiera. Tende l'orecchio, ma nessun rumore proviene dalla cucina dove si trova sua madre. La porta del buffet cigola quando la apre e, quando prende la scatola dei cioccolatini, senza volerlo, urta una tazzina da caffè che s'infrange su una pila di piattini da dolce. Che rumore! Sembra  un fracasso di batteria. Gli manca il respiro: questa volta è fritto. Una voce dalla cucina lo chiama. Per qualche secondo trattiene il respiro. Ma no, si è sbagliato, deve essere la radio, sicuro. Esita un attimo, poi posa la scatola di cioccolatini. Troppo facile, sarebbe barare.

La terza volta è quella buona. Scivola sul parquet troppo cerato del corridoio, e cade. Immediatamente, sovrastando

il rumore della radio, arriva la voce di sua madre, tagliente, sferzante.

«Sei tu, Giulio?»

Naturalmente non risponde. Con il cuore che batte all'impazzata, scivola a quattro zampe in sala da pranzo. Verrà? Lo teme, se lo augura. Sì, sente i suoi passi.

«Giulio, ti becco con i cioccolatini in mano? Guai a te!»

Si avvicina. Lui si appiattisce contro il muro. Lei apre la porta. Lui si morde le labbra per impedirsi di gridare. Lei fa un passo. Lui è fritto, lei lo ha visto. Ma no, è salvo. Lo ha guardato appena e si è ritirata in cucina sospirando. Aspetta qualche secondo con la mano sul cuore in tumulto, poi respira a fondo. Infine, con passo deciso, avanza fino alla credenza, sprofonda la mano nella scatola rossa e oro, acchiappa un cioccolatino e lo mangia.

Se l'è ben meritato, questo qua.

# LE MOSCHE

Nonna non sopporta le mosche. Io non sopporto la nonna.

Lei le caccia per tutta la casa con lo schiacciamosche di plastica. Tap, tap, mosche morte ammazzate. Ce l'ha sempre nella tasca del grembiule. Pronta a sfoderarlo, come un cow-boy la pistola.

Se una mosca si posa sulla mia testa o sulla mia spalla, paf! Nonna la schiaccia con un colpo di schiacciamosche. A me, fa male. A lei, la fa ridere.

Ci sono anche i granuli gialli. Li versa sulle sottotazze che distribuisce in ogni stanza, vicino alle finestre. È veleno. Attira le mosche che si avvicinano per assaggiare, e poi le fa morire. Ma non subito. Soffrono a lungo agitando le ali disperatamente.

La nonna si diverte. Le guarda morire e ride.

«Ben vi sta, carogne!»

Un giorno ha fatto cadere un granulo avvelenato nel mio caffelatte. Sono sicuro che l'ha fatto apposta.

Qualche volta c'è una mosca che resiste, che non vuol morire. La nonna diventa pazza. Prende quello che ha sotto mano, lo schiacciamosche, uno strofinaccio, un giornale e colpisce, colpisce. E grida: «Sarai mia, bestiaccia schifosa!».

E sua sarà, non si scappa.
Povera bestiolina.
Mi piacerebbe fare lo stesso.
Con la nonna.

# BIANCA, TI AMO

Pedro, il figlio del muratore, è un ragazzo romantico. La sera della festa del santo patrono ha ballato con Bianca, la figlia del sindaco. Hanno ballato solo una volta, senza scambiarsi neanche una parola, lo sguardo dell'uno agganciato allo sguardo dell'altra. E Pedro si è innamorato follemente.

Sulla facciata del palazzo più alto della città, qualche giorno dopo, ha scritto a lettere cubitali: «Bianca, ti amo». Ma Bianca non gli ha risposto.

Sul prato del municipio ha piantato migliaia di dalie, petunie, viole del pensiero e nasturzi che disegnano a lettere multicolori le parole: «Bianca, ti amo». Ma Bianca non ha risposto.

Ha scalato le torri della cattedrale per appendere un enorme striscione che grida al vento, a lettere rosse e nere: «Bianca, ti amo». Ma Bianca non ha risposto.

Ha installato nelle strade, nei parchetti e su tutti i viali degli altoparlanti che cantano, sussurrano, supplicano, declamano, gridano: «Bianca, ti amo». Ma Bianca non ha risposto.

Ha scolpito sui pilastri di cemento del ponte della ferrovia, una lettera per volta: «Bianca ti amo». Ma Bianca non ha risposto.

Un anno dopo, alla festa del santo patrono gli è rimasto l'amore, ma ha perso la speranza. Prima del ballo vengono sparati i fuochi di artificio. Stelle rosa e rosse esplodono in cielo, eruzioni oro e argento, crepitii bluastri infuocano la notte e poi c'è il gran finale. Nel cielo complice esplodono in verde, giallo, arancione, blu e rosso le lettere di fuoco che dicono al mondo intero: «Anche io, Pedro, ti amo».

# COMPLEANNO

M ercoledì prossimo compirò dodici anni. Non c'è proprio niente di che stare allegri.

Come l'anno scorso papà mi ha chiesto:

«Che cosa vorresti per il tuo compleanno? Dimmi cosa vuoi e te lo regalo».

Come l'anno scorso ho risposto, senza crederci troppo: «Un flacone di profumo Superman».

Perché l'ho visto alla Tv. C'è un tizio in moto. Si cosparge di Superman e decine di ragazze gli corrono dietro, su una macchina da corsa, in elicottero, a cavallo.

È una pubblicità, lo so, ma può darsi che funzioni. Mi piacerebbe che una ragazza, anche solo una, mi corresse dietro con i pattini o col monopattino, quando vado in bicicletta. Sofia, per esempio…

Be', per quest'anno non se ne parla.

«Superman?», ha detto mio padre, ridacchiando. «Mi stai prendendo in giro, vero? Dai, io lo so cosa vuoi davvero: Formula Uno, il nuovo videogioco, giusto? Non ti preoccupare, lo avrai!»

Non ho protestato. A cosa mi servirebbe? Papà mi regalerà Formula Uno, perché muore dalla voglia di giocarci. La console che mi ha regalato a Natale la usa solo lui.

«E se ci preparassimo una cenetta per festeggiare?», ha aggiunto. «Hai voglia di qualcosa in particolare?»

Io sono un tipo furiosamente ottimista, ho pensato che stesse davvero chiedendo il mio parere.

«Invito Sofia e Giovanni e ci porti al McDonald», ho proposto.

Mi ha guardato come se stessi parlando cinese.

«McDonald?», ha replicato. «Lo sai che non ti piacciono gli hamburger!»

No, non lo sapevo. Sapevo soltanto che non piacevano a lui.

«Ascolta, conosco un ristorantino molto simpatico», ha decretato. «Vedrai, ti piacerà, inviterò Caterina...»

Caterina è l'ultima conquista di mio padre, e io la ODIO! Ma non ho detto niente. Sarà un compleanno come gli altri, ecco tutto. E poi, presto mi prenderò la rivincita. Fra meno di un mese è la festa del papà. E io lo so, so benissimo cosa farà piacere a mio padre. Come regalo, una boccetta di Superman (con dopobarba in omaggio). E per festeggiare degnamente, un pranzo al McDonald. Con Sofia, Giovanni e Luca. O Sofia da sola, se Superman è efficace come dice la pubblicità!

# ARCINONNA

Gli hanno giocato un brutto tiro, è il caso di dirlo.
Come ogni mercoledì, Battista, sua madre e sua sorella Stefania sono andati all'ospizio per far visita ad Arcinonna. La chiamano così, in famiglia, la bisnonna di ottantanove anni. Di solito, Battista e Stefania si limitano a un rapido saluto, poi vanno a fare judo affidando Arcinonna alla mamma. Ma oggi, subdolamente, col pretesto che il maestro di judo è malato, madre e figlia hanno abbandonato Battista dalla vecchietta con un ipocrita: «Facciamo un giro in città e vi raggiungiamo qui!».

Battista, come al solito, ha reagito troppo tardi: quando era sul punto di protestare si erano già chiuse dietro le spalle la porta della camera. Arcinonna lo guarda abbozzando un sorriso, ma non dice niente, anzi resta a lungo in silenzio.

La mano di Arcinonna aggrappata al bracciolo della poltrona trema mentre lei lo esamina con curiosità, come se lui fosse un soprammobile un po' ingombrante che le è stato appena consegnato. Battista, imbarazzato, gioca con la cintura del cappotto.

All'improvviso, Arcinonna gli chiede, con la sua voce atona e consunta:

«Sei in punizione?».

Stupito, Battista alza la testa e balbetta:

«No... perché?».

La bisnonna scoppia in una risata tremolante:

«Be', rinchiuderti solo soletto con un rottame come me non è certo un regalo, non è vero?».

Battista arrossisce e distoglie lo sguardo. Torna il silenzio. L'anziana signora stropiccia un foglio di giornale spiegato sulle sue ginocchia.

«Ti annoi, vero?», dice ancora, con voce gracchiante.

Non è una domanda. Non gli lascia il tempo di rispondere, e aggiunge, imbrociata:

«Anch'io».

E poi, più piano:

«Ma io ci sono abituata».

Sospira. No, forse è meglio dire, fischia. E si sporge in avanti con aria complice, l'occhietto vispo:

«Dimmi un po', che cosa fai tu quando ti annoi?».

Battista la guarda, stupito. Rassicurato le risponde:

«Gioco con la mia Nintendo».

«Con cosa?»

Visto che è più facile mostrare che spiegare, Battista in un batter d'occhio tira fuori la console portatile che aveva messo, previdente, nella tasca del cappotto e comincia una partita appassionandosi a poco a poco, lasciandosi prendere dal gioco. Arcinonna segue con attenzione, e a un tratto allunga una mano e dice: «Ora tocca a me». All'inizio le sue vecchie dita si muovono impacciate, ma non mollano, imparano a toccare lo schermo nel modo giusto, a reagire con sveltezza. E Battista l'incoraggia, imbroglia un po' a suo favore, interviene per salvare la situazione. Alla fine della partita, l'anziana signora dà un colpetto affettuoso sulla mano del ragazzo. «Ora ti faccio vedere il gioco che faccio io per

passare il tempo.» Prende un mazzo di carte dalla tavola, le mischia maldestramente, le dispone con ordine.

«Questo gioco si chiama solitario» dichiara, e gli spiega le regole, sposta le carte, le mette insieme. Poi ci prova Battista. In breve, il ragazzo padroneggia il nuovo gioco, e mentre sono nel bel mezzo di una partita la porta della camera si apre. La mamma e la sorella di Battista hanno terminato i loro giri. Arcinonna riacquista allora la sua voce lamentosa e tremolante e geme: «Era ora! Che idea quella di lasciarmi tutto questo tempo sola con un bambino che non sta fermo un momento! La prossima volta voglio che sia Stefania a farmi compagnia, e che lasciate il bambino a casa». Battista la guarda perplesso, ma poi indovina, a un angolo della bocca solcata di rughe, un sorriso divertito. E quando salutano Arcinonna lui, prima di uscire per ultimo dalla stanza, le depone sulle ginocchia la sua console.

# INDICE

| | |
|---|---|
| STORIA IMPOSSIBILE | 5 |
| STORIA RIBALTANTE | 7 |
| UN INNAMORATO TERRIBILMENTE CURIOSO | 10 |
| CALCOLI | 11 |
| LUI O LEI | 14 |
| UN'ALTRA STORIA TRAGICA | 17 |
| STORIA POLIZIESCA | 19 |
| LA COSA | 20 |
| LA SIGNORA DANIELI NON VUOLE SENTIRE STORIE | 23 |
| LE STORIE NON SONO PIÙ QUELLE DI UNA VOLTA | 24 |
| VASCA DA BAGNO | 27 |
| SEGRETERIA | 30 |
| CONTA | 32 |
| CALZE | 34 |
| SOSPETTO | 36 |
| PRIMO AMORE | 38 |
| FAGIOLINO | 41 |
| GRANDE PICCOLO | 43 |
| PICCOLI ANNUNCI | 45 |
| ROBOT | 46 |
| SEMPRE LA STESSA COSA | 48 |

| | |
|---|---|
| LUPO MANNARO | 50 |
| MIA SORELLA | 52 |
| UN MARZIANO | 54 |
| LUMACA E TARTARUGA, TARTARUGA E LUMACA | 57 |
| EDUCATO | 59 |
| MAMMA | 62 |
| TI AMODIO | 64 |
| PROGRAMMA | 66 |
| INDAGINE | 68 |
| DIALOGO | 72 |
| METRÒ | 74 |
| CHI SONO? | 77 |
| ACCESSORI | 79 |
| AMORE, SEMPRE | 82 |
| TENTAZIONE | 86 |
| CIOCCOLATO | 89 |
| LE MOSCHE | 92 |
| BIANCA, TI AMO | 94 |
| COMPLEANNO | 96 |
| ARCINONNA | 99 |

## DELLO STESSO AUTORE

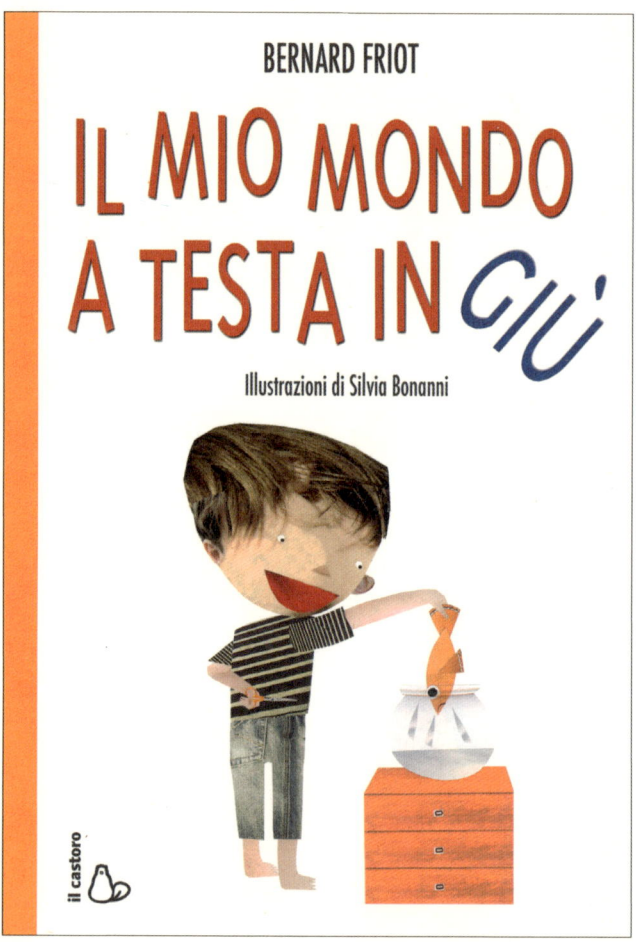

Non si possono raccontare le storie di Friot, bisogna leggerle, magari ad alta voce. Sono veloci, ribelli, divertentissime. Raccontano di maestri che finiscono negli acquari, di perfidi scherzi telefonici, di orchi cannibali. È il mondo adattato ai bisogni dei ragazzi, alle loro paure, alle loro conquiste.

## DELLO STESSO AUTORE

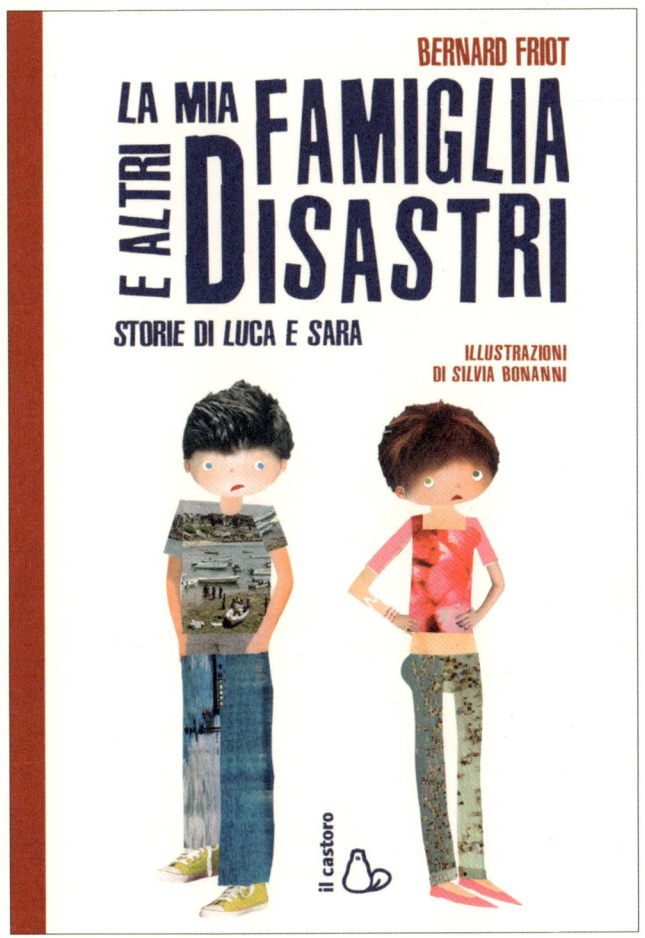

Come sopravvivere ai dodici anni? I genitori non ascoltano, fratelli e sorelle sono un tormento, e innamorarsi un terreno sconosciuto e complicato. Meglio ribellarsi, e cercare di far girare il mondo come si può. Questi racconti di Luca e Sara, veloci e divertentissimi, sono un tuffo nella vita di ogni giorno vista attraverso i loro occhi allegri e impietosi.

## DELLO STESSO AUTORE

Fulminanti, irriverenti, divertentissime: le storie di Friot raccontano la realtà attraverso gli occhi limpidi e impietosi dei bambini. Fra nonne distratte trasformate in lampioni, genitori insopportabili, ranocchie impertinenti e pozioni antipipì, non stupitevi se il mondo visto a testa in giù vi sembrerà più autentico di quanto lo abbiate mai visto!

Finito di stampare nel mese di febbraio 2014
presso Printaly - Schio (VI)